Barzellette

per bambini

**500+ barzellette e
indovinelli per bambini
per ridere in famiglia,
sconfiggere la noia e
stimolare la mente**

ARCOBALENA

EDITORE

Grazie per aver scelto questo libro.

Siamo un piccolo team di scrittori e designer italiani con il sogno di creare una collana di libri per tutti i bambini (anche quelli cresciuti), e il tuo supporto ci permette di aggiungere un piccolo mattoncino al nostro progetto.

Ora divertiti a leggere questa raccolta di barzellette e indovinelli.

Indice

Barzellette

1. Una bambina entra nella casa di un'indovina.
La bambina bussa e l'indovina chiede "Chi è?"
E la bambina dice "Incominciamo bene..."

2. Prof: "Dimmi dei nomi di animali che
iniziano con la lettera E"
Io: "Ermellino..."
Prof: "Bravo, continua"
Io: "Ermellino, er gatto, er cane, er topo..."

3. Perché non bisogna mai mettere
un pesciolino rosso nell'acqua minerale?
Perché altrimenti si gasa e crede di
essere un pescecane!

4. Perché gli elefanti non vanno mai in bicicletta?
Perché non hanno il pollice per suonare il
campanello!

5. Due amici un po' pazzerelli si incontrano.
– Ciao, che mi racconti di bello?
– Ieri ho spedito una lettera
– Ah sì? A chi l'hai spedita?
– A me stesso
– E che cosa ti sei scritto?
– Non lo so, non mi è ancora arrivata.

6. Il bambino al papà:
"È vero che le carote fanno bene alla vista?"
Il papà: "Certo! Hai mai visto un coniglio
con gli occhiali?"

7. Una bambina torna a casa dopo il suo primo
giorno di scuola. La madre le chiede:
"Che cosa hai imparato oggi?"
La bambina risponde: "Non abbastanza,
vogliono che torni anche domani".

8. Qual è la pianta più puzzolente?
Quella dei piedi!

⭐⭐⭐

9. Un gatto ha deciso di mangiarsi un topolino
che gli gira intorno da parecchi giorni.
Si nasconde dietro una porta e fa:
"Bau, bau, bau."
Il topolino, sentito abbaiare, convinto che dietro
la porta ci sia un cane, esce dalla tana
senza preoccuparsi.
Il gatto lo mangia.
"Ma come hai fatto?" chiede la gatta al marito.
"Cara mia, oggi se non parli almeno due lingue..."

⭐⭐⭐

10. Paolino fa a suo babbo: "Babbo cosa troverò
quest'anno sotto l'albero di Natale?"
"Il Pavimento!"

11. Un ladro entra in una villa e ruba tutti i
gioielli; quando sta per scappare sente
una vocina che dice:
"Signore mi scusi...può portare via
anche la mia pagella?"

12. Un taglialegna va in un negozio di
abbigliamento e chiede
alla commessa: "Vorrei un paio di jeans."
E la signorina domanda: "Che taglia?"
"La legna!!!"

13. Dopo una gara con le macchinine,
un bimbo torna a casa triste e
la mamma gli chiede:
"Tesoro, perché sei triste?"
"Perché alla gara sono arrivato secondo!"
La mamma risponde:
"Ma tesoro, non si può arrivare sempre primi!
Anche essere secondi è un'ottima posizione!"
"Sì lo so! Ma non se a giocare
sono solo due persone!"

14. Un uomo grassoccio sale su una bilancia
della farmacia e introduce la moneta.
La bilancia allora:
"Prego, salire uno alla volta!"

15. Cliente al portiere d'albergo:
"Vorrei un letto molto robusto"
"Sarà accontentato...però non mi sembra
che lei sia molto grosso"
"Lo so, ma ho il sonno molto pesante..."

16. Andreino va dalla mamma e dice:
"Mamma, mamma, ho una
notizia buona e una cattiva..."
"Inizia da quella buona allora"
"Quella buona è che ho preso
dieci in matematica!"
"Bravissimo! E la notizia cattiva?"
"Quella cattiva è...che non è vero!"

17. La maestra di scienze chiede alla classe:
"Chi sa dirmi quanti occhi abbiamo?"
Mattia ci pensa un pochino e risponde:
"Quaranta!"
"Ma no! Assurdo!" esclama la maestra.
Mattia insiste: "Maestra, in questa classe siamo
venti e ognuno ha due occhi!"

18. I padroni sono usciti e in casa c'è solo il cane.
Ad un certo punto suona il telefono
e il cane risponde: "Bau!"
"Come scusi?" chiede la persona
all'altro capo della linea.
"Bau! Bau!"
"Pronto? Non la capisco."
"Senta, B come Bologna, A come Ancona,
U come Udine..."

19. Che cosa hanno in comune un televisore e
una formica? Le antenne!

20. - Papà, ci hanno rubato l'automobile.
– Hai visto chi è stato?
– No, ma ho preso il numero di targa.

21. La maestra controlla che i suoi studenti
abbiano svolto i compiti a casa e
per primo interroga Luchino.
Gli chiede: "Luchino, hai studiato geografia?"
"Certamente" risponde il bambino.
"Allora, dimmi, dove si trovano gli Stati Uniti?"
Con aria soddisfatta, Luchino dice:
"A pagina 120"

22. Una mortadella chiede ad un coltello:
"Tu cosa provi nei miei confronti?"
il coltello risponde: "Affetto!"

23. Un gatto corre velocissimo verso l'edicola,
arriva e chiede: "È uscito Topolino?"

24. Lezione di matematica.
La maestra decide di interrogare Luigino:
"Luigino, hai 100 euro nella tasca destra e 50 in quella sinistra, che cos'hai in tutto?"
E Luigino: "I pantaloni di qualcun altro, signora maestra!"

⭐⭐⭐

25. Una formica e un millepiedi vengono invitati da uno scarabeo per il tè.
La formica giunge puntuale mentre il millepiedi arriva con un ritardo di un'ora.
– Cosa ti è successo?
– Fuori dalla porta c'è un cartello con scritto "Per favore pulirsi i piedi"

⭐⭐⭐

26. La professoressa di scienze chiede ad Elisa:
"Dimmi il nome di un rettile"
"Coccodrillo"
"Brava, ora dimmi il nome di un altro rettile"
E lei: "Un altro coccodrillo!"

27. Un bambino dice al padre:
"Papà, papà, mi compri i coriandoli?"
E il padre: "No!"
E il bimbo: "Perché papà, perché?"
E il padre: "Perché ogni volta che li compro
li butti tutti!"

☆★☆

28. Giuseppino torna da scuola molto contento.
La sua mamma gli domanda:
– Ti vedo felice! Ti piace la scuola, vero?
– Mamma, per piacere,
non confondere l'andata con il ritorno!

☆★☆

29. Tre calzolai di una stessa via mettono dei
cartelli davanti ai loro negozi per attirare i clienti.
Il primo scrive: "Qui il calzolaio
più bravo del mondo!".
Il secondo: "Qui il calzolaio
più bravo dell'universo!"
Il terzo, più furbo, scrive: "Qui il calzolaio
più bravo...della via!"

30. Un bambino al papà: "Papà, papà, dove si trovano i Monti Carpazi?"
"Chiedi a tua madre, è lei che sistema la casa!"

31. Un signore passeggia in città con un leone al guinzaglio. Un vigile lo vede e ordina:
"Porti immediatamente quel leone allo zoo!"
"Signorsì, signor vigile."
Ma il giorno dopo il vigile vede di nuovo il signore a passeggio con il leone.
"Le avevo detto di portarlo allo zoo!" dice il vigile.
"Signorsì, signor vigile. Ieri l'ho portato allo zoo e oggi lo porto al cinema!"

32. Giovannino viene interrogato dalla maestra che gli chiede: "Giovannino, ascoltami bene: io studio, tu studi, egli studia, noi studiamo, voi studiate, essi studiano. Che tempo è?"
Giovannino le risponde:
"Tempo sprecato signora maestra"

33. Una mamma compra una bici al suo bambino. Il bambino la prova e dice alla mamma:
"Guarda mamma, senza mani"
E la mamma: "Stai attento!"
"Guarda, senza piedi"
E la mamma: "Attento che ti fai male!"
Bummmmm…"Guarda mamma, senza denti!"

☆⭐☆

34. Un automobilista si perde e chiede ad un passante: "Scusi, signore,
mi può dire dove mi trovo?"
"Si trova dentro la sua macchina"
replica il passante.

☆⭐☆

Marcolino chiede al papà: "Papà, papà, sai scrivere il tuo nome ad occhi chiusi?"
E lui risponde: "Beh, ci posso provare, perché?".
"Perché è arrivato il momento
di firmare la pagella".

11

36. Un signore vede dalla parte opposta della strada un tizio che gli sembra un suo vecchio amico.
Attraversa e gli dice:
"Mario, mio vecchio amico, come sei cambiato!"
"Ma...veramente..."
"Prima eri alto, ora sei basso; prima eri grasso, ora sei magro..."
"Ma io mi chiamo Giovanni!"
"E hai pure cambiato nome!"

37. La piccola Noemi sta per entrare al cinema, ma ad un certo momento si rivolge alla mamma, piangendo.
"Piccola mia, che cosa ti è successo?"
"Stavo per entrare al cinema, ma quel signore all'ingresso mi ha strappato il biglietto!"

38. Riccardino alla maestra:
"Maestra, non può punire qualcuno per qualcosa che non ha fatto, vero?"
"Certamente no!"
"Beh, allora...io non ho fatto i compiti!"

39. – Il mio gatto ripete esattamente
le mie stesse parole.
– Allora è un genio!
– Ma no, ha mangiato il pappagallo!

40. La maestra chiede ad uno scolaro:
"Quali sono i mari che hanno
il nome di un colore?"
"Il Mar Nero, il Mar Rosso...e...il Marrone!"

41. Colonello, mi porti un bicchier d'acqua
senza limone!
– Mi spiace Generale, posso portarle un bicchier
d'acqua senza ghiaccio, perché il limone è finito!

42. "Cameriere..." – dice un tale seduto ad un
tavolo della trattoria – "potrebbe farmi cuocere
ancora un po' questo pollo? Si sta mangiando
tutte le patatine!"

13

43. Al manicomio ci sono tre matti. Un gruppo di psicologi, per studiare le loro reazioni, assegna un coniglio ad ogni matto.
I matti sono rinchiusi in tre stanze separate.
Gli psicologi vanno dal primo e vedono che ha afferrato il coniglio per le orecchie e fa "Vrrrrrrrrrrrrrrrrr!!!" con la bocca.
"Ma cosa stai facendo con il coniglio?" gli chiedono. E il matto, stupito:
"Quale coniglio, io sto guidando il mio scooter!"
Gli psicologi, accigliati, vanno dal secondo matto che sta facendo la stessa cosa del primo.
Gli chiedono: "Ma cosa stai facendo con il coniglio?".
Il secondo matto, sbalordito chiede:
"Quale coniglio? Io sono sul mio scooter!"
Gli psicologi, seccati, vanno dal terzo matto e vedono che sta accarezzando il coniglio e gli dicono: "Molto bravo! Almeno tu non stai andando in moto come gli altri!"
Il matto esclama: "Ma come? Sono già partiti? Vrrrrrrrrrrrrrrrrrrrrrrrrrrrrrrrrrrrrrr!"

44. Don Matteo chiede al piccolo Luigi:
"Dici le preghiere prima di mangiare?"
Lui risponde: "No, mia mamma è
una brava cuoca!"

45. Cappuccetto rosso entra nella casa
della nonna e trova il lupo.
"Che orecchie grandi che hai. E che bocca
grande! E quanti peli hai!"
Ad un certo punto il lupo la interrompe e dice:
"Scusa, ma sei venuta per criticare?"

46. Carletto torna dalla scuola e dice al papà:
"Papà, devi essere orgoglioso di me. Oggi sono
stato l'unico della classe a saper rispondere ad
una domanda che ci ha fatto la maestra."
"Bravo figlio mio! E quale era la domanda?"
"Chi ha rotto la finestra?"

47. Sapete qual è il ballo preferito dagli
scimpanzè? L'orango-tango

15

48. Prima che suoni la campanella, la maestra assegna il titolo del tema da svolgere a casa: "Che cosa vedo fuori dalla finestra".
Il giorno dopo Fabietto consegna un foglio in bianco e la maestra gli chiede:
"Come mai non hai scritto niente?"
"Perché le tapparelle della finestra erano abbassate!"

49 Perché le ballerine danzano sempre sulla punta dei piedi?
Non sarebbe più semplice scegliere ballerine più alte?

50. Martina dice alla mamma: "Mamma, quanto mi regaleresti se prendessi un bel 10 in italiano?". "Di certo, ti darei 10 euro".
"Allora mamma, dammi subito 2 euro perché ho preso 2".

51. "Bambini, come vorreste che fosse la vostra scuola?" Ed in coro gli scolari: "Chiusa!"

16

52. La mamma a Franceschino: "Se prendi un bel voto a scuola ti do dieci euro".
Il giorno dopo Franceschino dice alla mamma: "Ho una bella notizia".
La mamma: "Hai preso un bel voto a scuola?"
Franceschino: "No, hai risparmiato dieci euro".

53. Il figlio: "Papà, papà, vero che senza gli occhiali ci vedi doppio?".
"Beh, purtroppo sì, caro".
"Allora togliteli e guarda la pagella che mi hanno consegnato oggi!"

54. – Cosa mi consigli per aumentare l'intelligenza?
– La vitamina D
– La vitamina di chi?
– Tanta, prendine tanta...

55. Qual è la città preferita dai ragni?
Mosca!

56. Alessandrino al compagno alla fine del compito in classe: "Come è andata?".
"Male, ho consegnato il foglio in bianco!"
"Maledizione anch'io; la maestra penserà che abbiamo copiato!"

57. Una bambina ama farsi i selfie e suo fratello le consiglia:
"Per favore, non farti i selfie in riva al mare, perché altrimenti ti confondo con le cozze!"

58. La maestra Luisa chiede a Paolo:
"Perché hai scritto il tuo tema con una calligrafia così piccola?"
E lui risponde: "Così gli errori si vedono meno."

59. Perché "separato" si scrive tutto insieme quando "tutto insieme" si scrive separato?

60. Un uomo chiama al telefono la moglie poco prima dell'ora di cena e le chiede:
"Hai buttato la pasta?".
E lei gli risponde:
"Sì, in questo momento".
Allora lui le dice: "Guarda, butta pure il secondo, perché non torno per cena".

61. Che cosa è una zebra?
Un cavallo evaso dal carcere!

62. Jacopino chiede alla maestra se può andare in bagno e la maestra gli dice di no.
Alla fine della lezione la maestra dice a Jacopino:
"Adesso vai pure in bagno!"
"No, non serve signora maestra.
Ho aperto l'atlante e l'ho fatta nell'oceano".

63. Sapete perché il pomodoro non riesce a dormire? Perché l'insalata...russa!

64. Il professore chiede alla classe:
"Sapete cos'è l'H2SO4?"
"Io lo so: è...è...ce l'ho proprio
sulla punta della lingua"
Il professore, un po' preoccupato, risponde:
"Allora sputalo immediatamente
perché è acido solforico!"

65. "Pierino, lo sai che non si può
dormire in classe!"
"Lo so, signora maestra, ma se lei
parlasse un po' meno, si potrebbe!"

66. La maestra chiede ad un alunno:
"Dimmi il nome di un rettile"
"Un Cobra"
"Bravo, ed ora dimmi il nome di un altro rettile"
E l'alunno: "Un altro cobra!"

67. Cosa fa un gallo in una chiesa?
Il chicchirichetto.

68. "Luigino, perché salti come un matto dopo aver bevuto lo sciroppo per la tosse?"
"Perché mi sono dimenticato di agitarlo prima!"

69. Pierino: "Mamma ti diverti a lavare i vetri?"
"No, Pierino, è molto faticoso!"
"Allora sorridi: ne ho appena rotto uno!"

70. Giorgino racconta ad un amichetto:
"Per invecchiare bene bisogna tenersi in forma. Mia nonna all'età di 45 anni ha cominciato a farsi 5 chilometri a piedi ogni giorno. Adesso ne ha 97 e non sappiamo dove sia."

71. In sala parto una donna ha appena partorito:
"Che bella la mia bambina, la chiamerò Rosa".
Il medico allora le risponde:
"Ehm, signora Culetto, ne è proprio sicura?"

72. – Antonino, dimmi una parola
con la doppia P.
– Bottiglia.
– E dov'è la doppia P?
– Nel tappo!

73. Era talmente magro che il suo pigiama a
righe aveva una riga sola!

74. Al telefono: "Allò?"
"No, qui è Alì!"

75. - Pronto, centralino?
- Lino c'entra se ci stringiamo un po'!

76. Quando piange un pero?
Quando è dis...perato

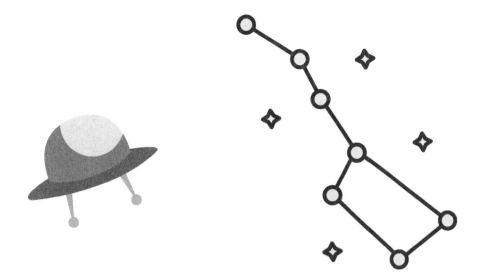

Colmi

77. Qual è il colmo per un'anatra?
Avere la pelle d'oca!

78. Qual è il colmo per una regina bassa?
Essere chiamata "Altezza".

79. Qual è il colmo per un canguro?
Dimenticare il marsupio a casa.

80. Qual è il colmo per un astronauta?
Avere una moglie che non gli concede spazio.

23

81. Qual è il colmo per un fruttivendolo?
Non capire un fico secco

82. Qual è il colmo per un musicista?
Non capire un piffero.

83. Qual è il colmo per un tappo?
Restare imbottigliato nel traffico.

84. Qual è il colmo per un calzolaio?
Trovare un concorrente che gli faccia le scarpe.

24

85. Qual è il colmo per Aladino?
Farsi le lampade.

86. Qual è il colmo per un marziano?
Abitare al piano terra.

87. Qual è il colmo per un elettricista?
Non sopportare le prese in giro.

88. Qual è il colmo per una maga?
Non voler fare la fattura.

25

89. Qual è il colmo per uno gnomo?
Fare passi da gigante.

90. Qual è il colmo per un insegnante di musica?
Dare una nota ad un allievo.

91. Qual è il colmo per uno scheletro?
Avere amici per la pelle.

92. Qual è il colmo per un ragno?
Vivere a Mosca.

26

93. Qual è il colmo per un arcobaleno?
Combinarne di tutti i colori.

94. Qual è il colmo per un sollevatore di pesi?
Prendere le cose alla leggera.

95. Qual è il colmo per un marinaio?
Navigare in un mare di guai.

96. Qual è il colmo per uno spazzacamino?
Avere una giornata nera.

27

97. Qual è il colmo per due vampiri?
Sfidarsi all'ultimo sangue.

98. Qual è il colmo per uno scienziato
che non sa nuotare?
Avere un mare di idee.

99. Qual è il colmo per un pompiere?
Avere la gola infiammata.

100. Qual è il colmo per un cane?
Avere una bella gatta da pelare.

101. Qual è il colmo per una torta alla panna?
Essere una montata.

102. Qual è il colmo per un'ape?
Andare in luna di miele.

103. Qual è il colmo per una patata?
Esser mandata a farsi friggere.

104. Qual è il colmo per un idraulico?
Avere un figlio che non capisce un tubo.

105. Qual è il colmo per un riccio?
Avere una spina nel fianco.

106. Qual è il colmo della luna?
Farsi i colpi di sole

107. Qual è il colmo per un indovino?
Chiedere "Chi è" quando bussano alla porta.

108. Qual è il colmo per un pesce?
Perdersi in un bicchiere d'acqua.

109. Qual è il colmo per un fantasma?
Avere i bollenti spiriti.

110. Qual è il colmo per un calciatore?
Essere ricoverato per mancanza di calcio.

111. Qual è il colmo per un meccanico?
Avere lo stomaco di ferro.

112. Qual è il colmo per una rana?
Sputare il rospo.

113. Qual è il colmo per una pera?
Avere una cotta.

114. Qual è il colmo per una fata?
Prendere il colpo della strega.

115. Qual è il colmo per una goccia di sangue?
Non sentirsi in vena.

116. Qual è il colmo per un nuotatore?
Perdersi in un bicchiere d'acqua.

117. Qual è il colmo per un canguro grasso?
Saltare il pasto.

118. Qual è il colmo per un rapper?
Rispondere per le rime.

119. Qual è il colmo per un calciatore?
Avere come allenatore un pallone gonfiato.

120. Qual è il colmo per un sommergibilista?
Voler dormire con la finestra aperta.

121. Qual è il colmo per un bruco?
Sentirsi un verme.

122. Qual è il colmo per un alcolizzato?
Bere per dimenticare di essere un alcolizzato.

123. Qual è il colmo per un gelataio?
Avere una mente con-torta (gelato).

124. Qual è il colmo per lo zucchero?
Essere amareggiato.

34

125. Qual è il colmo per una sveglia?
Avere le ore contate.

126. Qual è il colmo per un contadino?
Mettersi nudo davanti ad un pomodoro
per farlo arrossire.

127. Qual è il colmo per uno scultore?
Avere una faccia di bronzo.

128. Qual è il colmo per un uovo?
Lavorare sodo.

129. Qual è il colmo per un eschimese?
Prendere delle decisioni a caldo.

130. Qual è il colmo per un viaggiatore?
Andare a fare le vacanze all'isola di Pasqua
per Natale.

131. Qual è il colmo per Nerone?
Scherzare col fuoco.

132. Qual è il colmo per un ragno?
Rimanere con un pugno di mosche.

133. Qual è il colmo per una sarta?
Essere una che taglia corto.

134. Qual è il colmo per un drago?
Avere la gola infiammata.

135. Qual è il colmo per Babbo Natale?
Esser colto con le mani nel sacco.

136. Qual è il colmo per un tamburo?
Avere qualcuno che gliele suona.

37

137. Qual è il colmo per Cappuccetto Rosso?
Sentirsi augurare "in bocca al lupo".

138. Qual è il colmo per un direttore d'albergo?
Essere mandato in pensione.

139. Qual è il colmo per un gigante?
Non essere all'altezza della situazione.

140. Qual è il colmo per una forchetta?
Avere il coltello dalla parte del manico.

141. Qual è il colmo per un baro?
Avere tutte le carte in regola.

142. Qual è il colmo per un
insegnante di disegno?
Mettere in riga i suoi allievi.

143. Qual è il colmo per un gatto?
Condurre una vita da cani.

144. Qual è il colmo per un meteorologo?
Avere la testa fra le nuvole.

145. Qual è il colmo per un pugile?
Avere la cravatta che fa a pugni con la camicia.

146. Qual è il colmo per un professore di lettere?
Spedire solo cartoline.

147. Qual è il colmo per una lumaca?
Non ritrovare la strada di casa.

148. Qual è il colmo per un astronauta?
Essere un uomo terra-terra.

149. Qual è il colmo per Babbo Natale?
Essere conciato per le feste.

150. Qual è il colmo per un cuoco
veramente brutto?
Far piangere le cipolle.

151. Qual è il colmo per un bicchiere?
Essere pieno.

152. Qual è il colmo per una mosca?
Montare sulla vespa.

153. Qual è il colmo per un pittore?
Farne di tutti i colori.

154. Qual è il colmo per una giraffa?
Essere nei guai fino al collo.

155. Qual è il colmo per un lampadario?
Mettersi in cattiva luce.

156. Qual è il colmo per un muratore?
Rimanere di stucco.

157. Qual è il colmo per un frate?
Avere un diavolo per capello.

158. Qual è il colmo per uno specchio?
Non avere i riflessi pronti.

159. Qual è il colmo per un agnello?
Avere una fame da lupi.

160. Qual è il colmo per un rapper?
Rispondere a qualcuno per le rime.

43

161. Qual è il colmo per un eschimese?
Rimanere di ghiaccio.

162. Qual è il colmo per due musicisti?
Litigare perché non riescono a
trovare un accordo.

163. Qual è il colmo per un pesce palla?
Finire in rete.

164. Qual è il colmo per un pastore?
Essere la pecora nera della famiglia.

165. Qual è il colmo per un barbiere?
Perdere il treno per un pelo.

166. Qual è il colmo per una gallina?
Avere le penne e non saper scrivere.

167. Qual è il colmo per un ortolano?
Essere incavolato.

168. Qual è il colmo per una violoncellista?
Essere giù di corda.

169. Qual è il colmo per un contadino?
Darsi la zappa sui piedi.

170. Qual è il colmo per un marinaio?
Salpare con il morale a terra.

171. Qual è il colmo per un portiere di calcio?
Mancare ad una grande parata.

172. Qual è il colmo per un'anatra?
Avere la pelle d'oca!

173. Qual è il colmo per un paracadutista?
Cadere dalle nuvole.

174. Qual è il colmo per un contadino?
Non riuscire a piantare la fidanzata.

175. Qual è il colmo per un deserto?
Fare un buco nell'acqua!

176. Qual è il colmo per un elefante?
Bere dalla cannuccia!

47

177. Qual è il colmo per un ortolano?
Dire cavolate.

178. Qual è il colmo per un pilota?
Non capire mai niente al volo.

179. Qual è il colmo per una coccinella?
Avere tanti punti neri

180. Qual è il colmo per un giocatore di basket?
Non essere all'altezza

181. Qual è il colmo per un muratore?
Avere paura del cemento armato.

182. Qual è il colmo per due scheletri?
Essere amici per la pelle

183. Qual è il colmo per un gallo?
Fare la figura del pollo!

184. Qual è il colmo per un sindaco?
Essere un tipo fuori dal comune!

185. Qual è il colmo per una sarta?
Perdere il filo del discorso!

186. Qual è il colmo per un fotografo?
Procedere per obiettivi.

187. Qual è il colmo per un pirata?
Avere un figlio che è un tesoro!

188. Qual è il colmo per un barbiere?
Andar matto per i pelati.

189. Qual è il colmo per un elefante?
Avere gli orecchioni

190. Qual è il colmo per un fruttivendolo?
Avere la testa bacata!

191. Qual è il colmo per un pizzaiolo?
Avere una figlia che si chiama
Margherita e che ogni quattro stagioni
fa la capricciosa!

51

192. Qual è il colmo per Babbo Natale?
Avere un figlio che si chiama Pasquale

193. Qual è il colmo per un dentista?
Mangiare la pasta al dente

194. Qual è il colmo per un gondoliere che
guarda la tv?
Non trovare il canale giusto!

Enigmi
e
Indovinelli

195. Senza testa sono più alto, con la testa sono più basso. Chi sono?

———○

196. Ogni cosa catturiamo se non dista da noi parecchio, ma tra noi non ci vediamo se, ahimè, manca uno specchio: chi siamo?

———○

197. Quando passa lui ti devi togliere il cappello. Cos'è?

———○

198. Ha una coda ma non può assolutamente muoverla. Chi è?

———○

199. Sta a mollo tutto l'anno e non si infradicia mai. Cos'è?

———○

200. Ha un letto ma non ci dorme. Cos'è?

201. Sa tante cose ma non sa parlare, ha tante ali ma non può volare. Cos'è?

———o ⚬ o———

202. Non esiste cruda, solo cotta, ma non si mangia. Cos'è?

———o ⚬ o———

203. Qual è l'animale che sopravvisse pur restando fuori dall'arca di Noè?

———o ⚬ o———

204. Mette i denti tra i tuoi denti. Cos'è?

———o ⚬ o———

205. È piccolo e di legno e se lo strofini si accende. Cos'è?

———o ⚬ o———

206. In due, in quattro o in otto lungo le strade filiamo, per tutta la vita ci rincorriamo, ma mai ci raggiungiamo. Chi siamo?

207. Cosa ha una faccia e due mani ma senza braccia o gambe?

208. Colui che mi fa non ha bisogno di me, quando mi fa. Quello che mi compra non mi usa per se stesso. Chi mi usa non sa che mi sta usando. Cosa sono?

209. Cosa imparano gli elfi a scuola?

210. Che tipo di strumento ha molto cuore?

211. Getti via l'esterno e cuoci l'interno, poi mangi fuori e butti via l'interno.
Che cos'è?

212. Quale invenzione ti consente di guardare attraverso un muro?

213. Non ho vita, ma posso morire.
Cosa sono?

214. Ho fiumi, ma non ho acqua. Ho foreste fitte, ma non ho alberi e animali. Ho delle città, ma nessun popolo vive in quelle città. Cosa sono?

215. Quando è fresco, è caldo. Cos'è?

216. Sto su una strada e mi imboccano senza cucchiaio. Chi sono?

217. Ha la vita appesa ad un filo e lavora per un pugno di mosche. Chi è?

218. Ha il collo, ma non la testa. Cos'è?

219. La butti a terra e non si rompe, la butti nell'acqua e si rompe. Cos'è?

———o—————————o———

220. Non hanno lancette, ma fanno rumore col passare delle ore. Cosa sono?

———o—————————o———

221. Non sono un uccello e non so cinguettare, ma se muovo la coda posso volare.
Chi sono?

———o—————————o———

222. Quando io sono in piedi, loro sono sdraiati. Quando sono sdraiato, loro sono in piedi.
Chi sono?

———o—————————o———

223. Nel mio orto c'è una mela con la Z. Cos'è?

———o—————————o———

224. Non è acqua di mare, né di fonte, non sta in cielo, ma soltanto sulla fronte. Cos'è?

225. Più ne metti e più il peso diminuisce. Cosa sono?

226. Mi troverai sempre nel passato. Posso essere creata nel presente, ma il futuro non potrà mai cambiarmi. Cosa sono?

227. Ho molti ricordi ma non possiedo nulla. Cosa sono?

228. Non ho le ali, ma posso volare. Non ho occhi, ma posso piangere! Cosa sono?

229. È in circolazione da milioni di anni, ma non ha più di un mese. Che cos'è?

230. Dove vanno le mucche per le loro vacanze?

231. La gente mi compra per mangiare, ma non mi mangia mai. Cosa sono?

232. Sono stato preso in una miniera e rinchiuso in un astuccio di legno da cui non sono mai stato rilasciato, eppure sono usato da quasi tutti. Cosa sono?

233. Si spoglia quando fa freddo. Cos'è?

234. Qual era la più grande isola del mondo, prima che venisse scoperta l'Australia?

235. Ho una testa ma non ho un corpo, ho una croce ma non ho braccia. Chi sono?

236. Di notte vengono senza essere chiamate e di giorno se ne vanno senza essere rubate. Cosa sono?

237. Qual è la migliore cura per la forfora?

238. In mezzo al prato fanno colore; in casa, in un bel vaso, danno buon odore.
Chi sono?

239. Inutile discutere, ho sempre l'ultima parola.
Chi sono?

240. Quando balla cade. Cos'è?

241. È grande come un grattacielo, ma infinitamente più leggero. Cos'è?

242. Se non è ben chiuso perde. Cos'è?

243. Una volta scoperto non esiste più. Cos'è?

244. Ho qualcosa nella tasca, ma la tasca è vuota. Cos'ho?

⊙————————————————⊙

245. Più è presente e meno lo vedi. Cos'è?

⊙————————————————⊙

246. Quale imperatore portava la corona più grande?

⊙————————————————⊙

247. Valgo più di una parola, chi mi nomina mi viola. Cosa sono?

⊙————————————————⊙

248. Se stai sopra di me sembro ferma, ma se ti allontani mi vedi girare come una trottola. Chi sono?

⊙————————————————⊙

249. Si sposta nell'aria ma non è un uccello, vive in acqua ma non è un pesce. Chi è?

⊙————————————————⊙

250. Si può fare tra due uomini, tra un uomo e una donna ma non tra due donne. Cos'è?

251. Si saluta quando si alza. Cos'è?

○———————○

252. Si può prendere, ma non gettare. Cos'è?

○———————○

253. Non fa domande, ma aspetta una risposta. Cos'è?

○———————○

254. Cade sempre dalle nuvole. Cos'è?

○———————○

255. Ha un collo ma non la testa. Cos'è?

○———————○

256. Ha le braccia ma non le mani, ha il collo ma non la testa. Chi è?

○———————○

257. Ho tanti anelli, ma non mi sono mai sposata. Chi sono?

258. Ha la radice, ma non è una pianta. Cos'è?

259. Ha una tasca, ma nessun indumento. Chi è?

260. Dov'è che giovedì viene prima di mercoledì?

261. Esiste da milioni di anni, ma è nuova ogni mese. Cos'è?

262. Ha i denti, ma non morde. Cos'è?

263. È stato domani e sarà ieri. Chi è?

264. Se pronunci il suo nome, sparisce. Che cosa è?

265. Esisto fino a quando hai vita, ma se mi perdi è finita. Chi sono?

266. Quale città ha tre facce?

267. La puoi vedere, ma non la puoi toccare. Cos'è?

268. Le attendiamo con impazienza e, quando arrivano, partiamo. Cosa sono?

269. La prendi quando la dai. Cos'è?

270. È una stella, ma non splende. Cos'è?

271. Chi ci nasce è fortunato. Cos'è?

272. Su un ramo ci sono dieci uccellini. Un cacciatore spara e ne colpisce uno; quanti uccellini restano sul ramo?

273. Quando uno arriva, l'altro se ne va. Chi siamo?

274. Canta quando tutti dormono. Chi è?

275. Più è nera, più è pulita. Cos'è?

276. Quando scende, aumenta. Cos'è?

277. Nasco grande e muoio piccola. Chi sono?

278. Non hanno carne, né piume, né peli, né ossa, eppure hanno le dita. Cosa sono?

279. Non ha prurito, però si gratta. Chi è?

280. Non peso nulla, ma mi puoi vedere. Chi sono?

281. Non si spiega se non c'è vento. Cos'è?

282. Il topo mangia il formaggio, il gatto mangia il topo. Chi resta?

283. Non posso né sentire né parlare, ma dico sempre la verità. Chi sono?

284. Non si vede e non si tocca, ma esce sempre dalla bocca. Cos'è?

285. Ha due ali ma non è un uccello. Cos'è?

286. Passa attraverso un vetro senza romperlo. Cos'è?

287. Vede bene anche senza guardare, sia di giorno che di notte. Chi è?

288. Se tieni gli occhi chiusi, ti viene a trovare. Cos'è?

○————————○

289. Può essere corretto, anche se è fatto bene. Cos'è?

○————————○

290. Tutti riescono ad aprirlo ma nessuno sa richiuderlo. Cos'è?

○————————○

291. Ha quattro gambe ma non può camminare. Cos'è?

○————————○

292. Ha la vita appesa ad un filo. Chi è?

○————————○

293. La butti quando la devi usare e la riprendi quando non ti serve più. Cos'è?

○————————○

294. La scarti anche se non è cattiva. Cos'è?

○————————○

295. La puoi vedere, ma non la puoi toccare. Cos'è?

67

296. Entra solo se le giri la testa. Che cos'è?

297. È riparata, ma è sempre bagnata. Cos'è?

298. Quando non c'è speriamo non arrivi, ma quando c'è non la vogliamo perdere. Cos'è?

299. Non sono uomini, non sono donne, ma portano i pantaloni e anche le gonne.
Cosa sono?

300. È ovunque, ma non lo puoi raggiungere. Cos'è?

301. È tuo ma lo usano più gli altri. Cos'è?

302. Si saluta solo se si è alzata. Cos'è?

303. Sono davanti a te, ma non mi vedi mai. Chi sono?

○─────────────○

304. Contiene dello zucchero, ma non è dolce. Cos'è?

○─────────────○

305. Quando si alza non fa alcun rumore, ma sveglia tutti. Chi è?

○─────────────○

306. Ogni volta che salta si abbassa. Chi è?

○─────────────○

307. Perché i libri di matematica sono sempre tristi?

○─────────────○

308. Passa la vita tra rose e fiori, mille profumi, mille colori. Chi è?

○─────────────○

309. Pesa di più mezzo pollo vivo o mezzo pollo morto?

○─────────────○

310. Non sto in piedi né diritto, se mi rompi sono fritto. Chi sono?

311. Cosa diventa più umido mentre si asciuga?

○──────────────○

312. Perde la testa la mattina, ma la riprende la sera. Chi è?

○──────────────○

313. Più invecchia e più diventa luminosa. Cos'è?

○──────────────○

314. C'è nella rugiada e anche nella brina; però manca nella pioggia. Cos'è?

○──────────────○

315. Non hanno lancette, ma fanno rumore col passare delle ore. Cosa sono?

○──────────────○

316. Perché un ragazzo ha seppellito la sua torcia?

○──────────────○

317. Cosa sale ma non scende mai?

318. Perché un uomo che vive a New York non può essere sepolto a Chicago?

319. Cosa deve essere rotto prima di poterlo usare?

320. Cosa c'è di così delicato che anche solo dire il suo nome lo spezza?

321. Non posso né sentire né parlare, ma dirò sempre la verità. Cosa sono?

322. Verrò sempre ma non arriverò mai oggi. Chi sono?

323. Sono con gente povera e i ricchi non mi hanno. Se mi mangi, morirai. Cosa sono?

324. Puoi spezzarmi facilmente senza nemmeno toccarmi o vedermi. Cosa sono?

325. Quanto più togli, più diventa grande? Che cos'è?

71

326. Se ce l'ho, non lo condivido.
Se lo condivido, non ce l'ho. Che cos'è?

327. Mi butterai quando vuoi usarmi.
Mi raccoglierai quando non vorrai usarmi.
Cosa sono?

328. A volte è giusto, a volte è sbagliato.
A volte è primo, altre volte no. Che cos'è?

329. Non ho occhi, orecchie, naso e lingua, ma
posso vedere, annusare, ascoltare e gustare
tutto. Cosa sono?

330. Perché al faraone piacciono le cheerleader?

331. Due persone giocavano a scacchi ed
entrambi hanno vinto. Come è possibile?

332. Cosa hanno in comune pescatore e pugili?

333. Perché il ragazzo ha messo la testa
nel pianoforte?

334. Quale tipo di musica è meno amata
dai palloncini?

335. Qual è la differenza tra un oboe e
una cipolla?

336. Vive senza corpo, ascolta senza orecchie,
parla senza bocca e nasce nell'aria.
Che cos'è?

337. Perché le api ronzano?

338. Se mi dai l'acqua, morirò. Cosa sono?

339. Una scimmia, uno scoiattolo ed un uccello
stanno correndo verso la cima di un albero
di cocco. Chi otterrà per primo la banana?
La scimmia, lo scoiattolo o l'uccello?

340. Perché gli orsacchiotti non hanno mai fame?

73

341. Perché i camerieri odiano il tennis?

342. Che cos'è nero, bianco e rosa dappertutto?

343. Che cosa ha un gatto che nessun altro animale ha?

344. Cosa ha due teste, quattro occhi, sei gambe e una coda?

345. Se un treno elettrico sta viaggiando verso sud, da che parte sta andando il fumo?

346. Come si chiama un uomo che non ha tutte le dita in una mano?

347. Se gettassi una pietra nel Mar Rosso, come credi che diventerebbe?

348. Che cosa è grande come un elefante, ma non pesa niente?

○────────────────○

349. Cosa passa attraverso le città e le colline, ma non si muove mai?

○────────────────○

350. Perché Mickey Mouse è diventato un astronauta?

○────────────────○

351. Cos'è qualcosa che sicuramente non vedrai mai più?

○────────────────○

352. Non ho mai fatto domande, ma ho sempre risposto. Cosa sono?

○────────────────○

353. Sono nata grande, ma col passare del tempo, mentre invecchio, divento piccola. Cosa sono?

○────────────────○

354. Quando piove l'acqua scende mentre io salgo. Cosa sono?

○────────────────○

355. È facile entrare, ma è difficile uscirne? Che cos'è?

75

356. Va su e giù, ma non si muove mai. Che cos'è?

357. Vola tutto il giorno ma non va mai da nessuna parte. Che cos'è?

358. Se sono piena mi buttano, ma se sono vuota mi tengono. Chi sono?

359. In tanti posti lo hai incontrato, ma più è piccino, più ti ha spaventato. Cos'è?

360. Sono bianco, fresco e bello con la faccia da monello; del sole ho gran timore, mi distrugge in poche ore. Ho la testa e non ragiono... ma tu, sai chi sono?

361. Si tuffa, ma non si bagna. Chi è?

362. Che cosa si muove senza lasciare la minima traccia?

363. Vola qui, vola lì, non ha calce né mattoni, costruisce sempre più.. chi è, sai dirlo tu?

364. Sono un tipo fine con un solo capello in testa. Chi sono?

365. Finché vado, mai non cado. Se mi fermo non sto in piedi. Mi conosci?

366. È rosso e non è fuoco, è verde e non è erba, è tondo e non è mondo. Chi sarà?

367. Ho un vestito bianco e delicato; mio padre fa il cantante e mia madre balbetta. Chi sono?

368. Alla vista direi che è brutto, per il naso puzza tutto, se lo tocchi è un po' peloso ma se lo mangi è assai gustoso. Chi è?

369. Si può allungare, ma non accorciare. Chi è?

370. Risponde sempre in qualunque lingua. Chi è?

77

371. Sono da latte e mai da caffè. Chi sono?

———○————————————○———

372. Son femmina se non mi muovo, son maschio se corro svelto. Hai capito chi sono?

———○————————————○———

373. Lo conosci di sicuro perché mentre nasconde il corpo, la sua testa è sempre fuori. Chi è?

———○————————————○———

374. Guarda un po' quel piccolino, tutto il giorno al finestrino e la sera se ne va. Sai tu dirmi che sarà?

———○————————————○———

375. Sto sul tuo banco e nel nido. Sai chi sono?

———○————————————○———

376. Qual è quella cosa che più è calda, più è fresca?

———○————————————○———

377. Se inizia a ballare, prima o poi cade. Chi è?

378. In attività sono sdraiati, a riposo sono alzati. Chi sono?

———○

379. Vado in giro se piove a catinelle, ma quando c'è il sole mi metto a dormire. Chi sono?

———○

380. Esce dal suo letto solo per far danni. Sai dirmi chi è?

———○

381. Anche se non ci vede ha ventuno occhi. Lo conosci?

———○

382. Quando le sue due parti si uniscono, divide. Chi è?

———○

383. Mi trovo alla stazione per portare le persone. Con me puoi viaggiare in un baleno, perché sono un...

———○

384. Entra vuoto ed esce pieno. Di sicuro sai chi è...

———○

385. Ha una chiave ma nessuna porta: chi è?

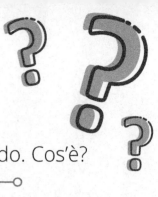

386. Più lo guardo, meno lo vedo. Cos'è?

387. Cerco la terra e mi tuffo nel mare.
Ti dico un segreto: non so nuotare.

388. Vivo nella foresta e nel circo, ho due
orecchie grandi e un naso lungo,
sono molto pesante e sono un...

389. Ha una corona rosso rubino, ma mangia
chicchi e qualche semino. Ha un paio d'ali ma
non sa volare, chissà chi è, saprai indovinare?

390. Le sue chiavi non aprono alcuna porta.
Chi è?

391. Il riccio pungente e la buccia lucente, si
mangiano cotte, arroste o ballotte.
Cosa sono?

392. Cos'è che puoi prendere ma non gettare?

393. Cos'ha una lingua ma non sa parlare, non si muove molto e non riesce a camminare?

———○————————————○———

394. Mi mangiate sempre rotto, se sono crudo e se sono cotto. Cosa sono?

———○————————————○———

395. Indovina indovinello, io guido un bel battello; quando voglio cambio direzione, io sono il...

———○————————————○———

396. Arrivano di notte senza essere chiamate, spariscono di giorno senza essere rubate. Chi sono?

———○————————————○———

397. Tanti spesso la chiamano, ma quando arriva scappano via. Cos'è?

———○————————————○———

398. Indovina indovinello, mi trovo vicino ad un coltello. Quando hai fame mi afferri in tutta fretta, io sono una...

———○————————————○———

399. Indovinate intelligenti! Chi è che su tutti i lati mostra i denti?

———○————————————○———

400. Mi muovo quatto quatto, poi faccio un balzo di soppiatto. Sono un...

401. Indovina indovinello, chi fa l'uovo nel cestello?

402. Sto sui fiori o in mezzo al prato con un vestito rosso di nero puntinato; son rotonda e tanto bella e mi chiaman...

403. Sono un insetto e ho le ali di tanti colori; volo sui fiori per succhiare il nettare, faccio rima con palla e sono una...

404. Sono tanti fratellini, tutti bianchi e piccolini; stanno sempre a chiacchierare o a ridere e mangiare. Chi sono?

405. Cerco la terra e mi tuffo in mare, ma poi vado a fondo perché non so nuotare. Chi sono?

406. Cammino e non faccio passi, gusto pranzi magri e grassi; me ne sto sempre sul tetto ed il mio nome ve l'ho detto. Chi sono?

407. Faccio tele e non mi lagno mi presento sono un...

408. Non lo fanno mai per caso, ti si siedono sul naso. Cosa sono?

○────────────────○

409. Nella fossa delle acque bollenti, entrano bastoni ed escono serpenti. Cosa sono?

○────────────────○

410. Tutti i chiodi di me hanno paura anche se sono molto bello, mi presento: sono il...

○────────────────○

411. Siamo piccoli e verdini, siamo tondi e fratellini; stiamo dentro ai baccelli e ci chiamano...

○────────────────○

412. Rosa rosetta, nell'umida gabbietta, saltella qua e là; il suo nome chi lo sa?

○────────────────○

413. Siamo brave e piccoline, formiamo file senza fine; gironzoliamo d'estate intorno, lavorando tutto il giorno per riempire i magazzini di preziosi granellini. Chi siamo?

○────────────────○

414. Attorno all'albero continua a girare, ma dentro non riesce ad entrare. Cos'è?

○────────────────○

415. Belli o brutti li puoi fare, ma a nessuno li puoi mostrare. Cosa sono?

416. Corre e salta di qua e di là,
ma le gambe lui non ha. Cos'è?

417. Bella, fresca e chiara chiara, sempre corre e
lava lava. Che cos'è? Pensaci su. Io lo so,
ma dillo tu...

418. Hanno vestiti diversi, di un colore
particolare, ma quando viene il freddo si devono
spogliare. Chi sono?

419. Con gli occhi aperti non lo puoi trovare, ma
se li tieni chiusi, lui può arrivare. Chi è?

420. Come tante lampadine che di notte
illuminano le colline; con loro le rime sono
sempre belle, puoi ammirarle anche tu, sono le...

421. Dalla chioma profumata son da tutti
onorata, ma stai attento alle mie spine, pungono
servi e regine. Sono un dono anche per la sposa
e mi chiamano la...

422. Quando lavoro devo tenere sempre
la testa fuori. Chi sono?

423. Brilla livido un istante, poi dilegua via distante e lo segue un cupo brontolio. Cos'è?

424. Molto strano è questo fatto, grande appena come un piatto; col suo viso tondo tondo lei rischiara tutto il mondo. Chi è?

425. Se stai sopra di me sembro ferma, ma se ti allontani mi vedi girare come una giostra.

426. Sono sempre cotta e grigia ma non posso essere mangiata. Cruda non esisto. Chi sono?

427. Non è un re ma ha una corona, non è un orologio ma le suona...chi è?

428. Sono un campo di battaglia con soldati bianchi e neri, mai armati ma nemici. Quando uno si ammattisce, la mia guerra poi finisce. Cosa sono?

429. Indovina indovinello, ho le ali ma non sono uccello; mi rincorrono i bambini per i prati e nei giardini, le mie ali sembrano fiori dai più vividi colori. Chi sono?

430. Più sono grande e meno vedi, solo i gatti non mi temono. Chi sono?

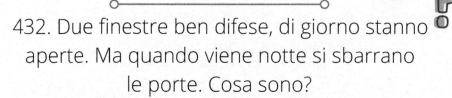

431. Se mi nomini, mi rompi.
Chi sono?

432. Due finestre ben difese, di giorno stanno
aperte. Ma quando viene notte si sbarrano
le porte. Cosa sono?

433. Piove e non si bagna, tira vento e non si
lagna; la sua vita è nella quiete, finché
non inciampa in una rete. Chi è?

434. Son rotonda e paffutella, sono rossa e
sempre bella; sono molle e son succosa,
tengo dentro dura cosa. Chi sono?

435. Indovina bambinello, io ti faccio brutto o
bello, sorridente oppur piangente, come sei o
come vuoi. Indovinami, se puoi...

436. Molto strano è questo fatto: grande appena
come un piatto, col suo viso tondo tondo,
illumina il mondo. Chi è?

437. Se finisce in rete, ha sbagliato il passaggio.
Chi è?

438. Arriva sempre tra venti e spaventi, se sei in mare batterai i denti. È decisamente funesta, fa molta paura, è la...

439. Sta dentro una casetta con il soffitto tondo poi se ne fugge in fretta girando per il mondo. Cos'è?

440. Ha la corona ma non è re, ha gli speroni ma cavalier non è...

441. Due finestre di giorno aperte e di notte chiuse.

442. Ai fanciulli solo un dito, per gli uomini è preferito. Alle donne è assai gradito, se nel letto vien servito. Cos'è?

443. Non son mela, non son pera, ho la forma di una sfera. Il mio succo è nutriente, è una bibita eccellente; non procuro il mal di pancia, ho la buccia e sono una...

444. Parlo ma non ho la lingua, ti abbraccio ma non mi puoi prendere, corro in fretta e quando passo non mi vedi. Chi sono?

445. Vengo dal cielo e scappa la gente, eppure mi amano tutte le piante. Chi sono?

446. Non ho ali e non ho piedi, ma appena nasco scappo via. Chi sono?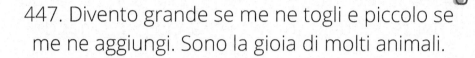

447. Divento grande se me ne togli e piccolo se me ne aggiungi. Sono la gioia di molti animali.

448. Sono sempre fermo e non mi muovo mai, ma se inizio a fumare faccio tanti guai. Chi sono?

449. Tolgo il freddo, con te poi cucino, ma è meglio se non mi stai troppo vicino. Chi sono?

450. Ho il collo ma sono senza testa, ho la pancia ma non ho la schiena, un piede solo ma non ho gambe; quando mi sento vuota, qualcuno mi riempie. Chi sono?

451. Posso essere bionda o bruna e mi conoscono tutti; se mi spremi, con me non devi esagerare. Chi sono?

452. Cerco la terra e mi tuffo in mare ma poi vado a fondo perché non so nuotare.

453. Ho la barba lunga, mi consumo se mi sfreghi. Sono un cavallo per le streghe. Chi sono?

454. Né una pera né una mela ma soltanto a forma di sfera. Il mio succo è nutriente e molto rinfrescante. Chi sono?

455. Sono colorato e porto fortuna, mi faccio vedere con il sole, ma solo dopo la pioggia...

456. Sono una casa con 12 porte, ogni porta ha 30 serrature e ogni serratura ha 24 chiavi.

457. Non so cucire, ma il mio ago va veloce per chi parte e per chi si muove. Chi sono?

458. Lo difendono gli arcieri dai malvagi cavalieri. Sabbia o carte puoi usare se poi ci vorrai giocare. Ne hanno uno tutti i re, indovina, che cos'è?

459. Sto sui tetti ma non sono un uccello, sono bianca ma non sono farina. Chi sono?

460. Tutti nascono senza avermi, poi mi ricevono e mi portano per tutta la vita. Chi sono?

461. Va al mulino ed è giallo ma quando esce è bianco. Cos'è?

462. Rinfrescante e trasparente sono una cosa che mai dorme e mai riposa. Chi sono?

463. Siamo quattro sorelle in un anno: una fiorita, una assolata, una rossastra, una innevata. Quando una viene, l'altra se ne va. Chi siamo?

464. Sto dritto su un solo piede, ho un cappello marrone e uno bianco vestito. Chi sono?

465. Sulla torre di Trallerallera, c'è una vecchia nera nera; sempre le tentenna un dente per chiamar tutta la gente. No, non è una cosa strana, è soltanto una...

466. Sono senza gambe ma viaggio veloce, ti parlo ma non ho voce e ti porto sempre notizie.

467. Inizia per B e contiene una sola lettera. Cos'è?

468. La porta della nostra lunga casa si apre solo una volta e noi piccoli fratelli rotoliamo via. Chi siamo?

469. Quando muore l'estate, scappo via e torno al mio nido ogni anno. Chi sono?

470. Vivo sempre sopra il tetto: è il mio trono e il mio letto. Non mangio e non bevo ma fumo tutto il giorno. Chi sono?

471. Aro i campi bianchi, neri, rossi e biondi, lisci o ricci ma non sono un aratro. Chi sono?

472. Sono umida e parente della pioggia; se mi sei lontano, mi vedi meglio. Chi sono?

473. Son piccina, rotondetta, son dolcina, son moretta; son di razza montanina, dell'autunno sono regina, son dei bimbi la cuccagna e mi chiamano...

474. Resto a casa nei giorni belli ed esco solo nei giorni brutti. Chi sono?

475. Ho un buco sulla testa e faccio buchi.

476. È un serpente senza denti ma trattiene un elefante. Che cos'è?

477. Stanno sempre in compagnia nella rossa scuderia, trenta bianchi cavallini.
Sono sempre sull'attenti, sono i...

478. Quando mi cogli sono verde o nero, quando mi sbucci invece sono bianco ma al primo morso divento tutto rosso. Chi sono?

479. Mi trovi in tutti gli animali; sono rosso e sempre in movimento ma se mi fermo sono guai.

480. Sembro un fungo o un ombrello, sono alto e robusto. Accanto al mare è la mia casa e i miei frutti son di legno. Chi sono?

481. Abbiamo le gambe ma non abbiamo i piedi, sappiamo camminare e anche correre o volare.

482. Sono uno e ben protetto, ma se cado per terra e mi rompo mi divido in tre. Chi sono?

483. Non mi tolgo mai il pigiama e non dormo sopra un letto, ho la coda e la criniera ma un cavallo, sai, non sono. Chi sono?

484. Stretto, lungo, corto o largo; sta al centro di un piazzale, la forma poco conta ma i due buchi son vitali. Cos'è?

485. Siamo cinque sorelle molto abili e capaci, nate tutte lo stesso giorno ma non siamo gemelle.

486. Se l'autore c'è, lei non si vede; ma quando lui va via, lei appare. Chi è?

487. Cresco nei boschi e gli alberi sono il mio riparo, sono un frutto colorato ma prima di me non c'è un fiore. Chi sono?

488. Sono piccola e volante ed ho un suono un po' ronzante, ma se voglio posso entrare nei castelli per mangiare. Chi sono?

489. Sto sul grano e sopra un fosso, non mi brucio ma il fuoco indosso. Chi sono?

490. È una donna, una virtù ed una città: che mai sarà?

491. Ti seguo sempre e sono soltanto tua, ma non puoi prendermi.

492. Se sono innamorato tutta la notte canto; tra erba e fiori saltello e prendermi, per i bambini, è un vanto. Chi sono?

493. Se stai con me non sei più uno, anche se sei solo; ti mostro il brutto e il bello, se sei scalzo o se hai il cappello. Chi sono?

494. Ho il mio peso anche se leggerissimo; espansivo e trasparente, se mi illumino ti aiuto anche in cucina. Chi sono?

495. Resto impalato sul bordo della strada e mi guarda tanta gente così cambio colore continuamente. Chi sono?

496. Nostro padre piace a tutti quando è caldo e profumato. Noi piacciamo ai bambini e a tutti gli uccellini. Chi siamo?

497. Abbiamo mani e dita, ma siamo senza carne e senza ossa. Chi siamo?

498. Siamo nati per viaggiare ma facciamo un viaggio solo: chi siamo?

499. Soffio tra le canne ma non sono il vento; se mi tasti, il mio canto è melodioso. Chi sono?

500. Mio padre è alto, mia madre punge ed è prima verde e poi marrone. Io sono scura fuori e dentro tutta bianca. Chi sono?

501. Sono tua sorella: nera, corta o lunga, ti seguo ovunque e se mi calpesti non mi fai male. Chi sono?

502. Ho tante forme, sono grande o piccina e quando mi porti nel buio, a guidare sono io. Chi sono?

503. Ho baffi e fiuto fino, sento odor di topolino; giro sempre in 44, ma lo sai che sono il..

504. So scrivere bene, ma non posso rileggere ciò che scrivo. Chi sono?

505. Tu mi pianti, ma io non cresco. Chi sono?

506. Più siamo grandi e meno pensiamo.

507. Sono nero da morto e rosso da vivo
ed è meglio se non mi tocchi.

508. Al mattino tutti mi abbandonano,
ma di notte dormono sempre con me.

509. Lascio il mio segno solo dove è scuro e
qualche volta strido se non mi spezzi.

510. Ha tante ali leggere, però non può volare;
conosce tante cose, ma non sa parlare.

511. Se mi usi abbiam sei piedi,
altrimenti ne ho solo quattro.

512. Bagno tutti e son sbadata...
cado sempre dalle nuvole.

513. È una donna con sette figli,
quando uno arriva, l'altro se ne va.

514. Uffa! Non mi prude niente,
ma tutti mi grattano.

515. Sono lungo, alto e snello,
mi usi quando piove...

516. Puoi mangiarmi di giorno o di sera,
sono amica della mela, ma io sono la...

517. Faccio tele e non mi lagno,
mi presento, sono il ....

518. Sono liscio e profumato, di me ha
paura lo zozzone, quindi io sono il...

519. Vado in aria col motore e
di certo non vado piano. Ciao, sono...

520. Può essere passato
anche se è presente...

521. Tutti mi usano ovunque, tranne che in
mare; sono usato per chiamare, io sono il...

522. Sono uno che dall'acqua non esce, infatti sono un ...

523. Gioco a palla nel giardino e non sono birichino. Buongiorno a tutti, sono un...

524. Ho due ruote ed in tutta fretta sfreccio come una saetta. Sono la ...

525. Non sono crudo ma sono cotto, mi mangi con il latte. Sono un ...

526. È magico come Ali Babà e divertire con mamma mi fa; è il mio...

527. Sono nei prati con tanto colore, bello e profumato sono un ....

528. Sono di stoffa, con un vestitino, e non mi usi per la carambola, perché io sono una...

529. È sempre innocente, ma viene sempre arrestato. Chi è?

Soluzioni

195. Il cuscino
196. Gli occhi
197. Il pettine
198. Il pianoforte
199. La lingua
200. Il fiume
201. Il libro
202. La cenere
203. Il pesce
204. La forchetta
205. Il fiammifero
206. Le ruote
207. Orologio
208. La bara
209. L'elfo-beto

210. Un organo
211. La pannocchia
212. Una finestra
213. Una batteria
214. Una cartina
215. Il pane
216. La galleria
217. Il ragno
218. Il piede
219. La carta
220. Le campane.
221. L'aquilone.
222. I piedi
223. La melanzana
224. Il sudore

225. I buchi
226. La storia
227. Cornice per foto
228. Una nuvola
229. La Luna
230. A Moo York
231. Il piatto
232. Mina di matita
233. L'albero
234. L'Australia
(era comunque la più grande)
235. La moneta
236. Le stelle
237. La calvizie
238. I fiori
239. L'eco
240. Il dente
241. La sua ombra
242. Il rubinetto
243. Un segreto
244. Un buco
245. Il buio
246. Quello con la testa più grande
247. Il silenzio
248. La Terra
249. La rana
250. La confessione
251. La bandiera
252. Il raffreddore
253. Il telefono
254. La pioggia
255. La bottiglia
256. La camicia
257. Una catena

258. Il dente
259. Il canguro
260. Nel dizionario
261. La Luna
262. Il pettine
263. L'oggi
264. Il silenzio
265. La speranza
266. Treviso
267. L'ombra
268. Le vacanze
269. La mano
270. La stella marina
271. La camicia
272. Nessuno, perché i nove rimasti volano via
273. I giorni

274. Il gallo
275. La lavagna
276. La nebbia
277. La candela
278. I guanti
279. Il formaggio
280. Un buco
281. La vela
282. Il gatto
283. Lo specchio
284. La parola
285. L'aeroplano
286. La luce
287. Il pipistrello
288. Il sonno
289. Il caffè
290. L'uovo
291. Il tavolino

101

292. Il ragno
293. L'ancora
294. La caramella
295. L'ombra
296. La vite
297. La lingua
298. La guerra
299. Gli attaccapanni
300. L'orizzonte
301. Il nome
302. La bandiera
303. L'avvenire
304. La zuccheriera
305. Il Sole
306. Il fantino
307. Perché hanno tanti problemi
308. Il giardiniere

309. Non esiste un mezzo pollo vivo
310. L'uovo
311. Un asciugamano
312. Il cuscino
313. La torta di compleanno
314. La lettera P
315. Le campane
316. Perché le batterie sono morte
317. La tua età
318. Perché lui è ancora vivo
319. Un uovo
320. Il silenzio
321. Lo specchio
322. Il domani

323. Il nulla/niente
324. Una promessa
325. Un buco
326. Un segreto
327. Un' ancora
328. Un numero
329. Il cervello
330. Perché hanno fatto una piramide
331. Giocavano contro altri avversari
332. Entrambi lanciano ganci
333. Perché voleva suonare ad orecchio
334. Il "POP"
335. Nessuno piange quando dividi a metà un oboe.
336. Una eco
337. Perché non conoscono le parole
338. Il fuoco
339. Nessuno dei tre perché non ci sono banane sull'albero di cocco
340. Perché sono sempre imbottiti
341. Perché tutto ciò che servono viene restituito

342. Una zebra imbarazzata
343. Gattini
344. Un cowboy che cavalca il suo cavallo
345. Da nessuna parte, è un treno elettrico
346. In nessun modo: è un uomo normale, nessuno ha tutte le dita su una sola mano.
347. Bagnata
348. L'ombra di un elefante
349. Una strada

350. Perché voleva visitare Pluto-ne
351. Ieri
352. Un citofono / Un campanello
353. Una candela
354. L'ombrello
355. Un guaio
356. Una rampa di scale
357. La bandiera
358. La pattumiera
359. Il ponte
360. Pupazzo di neve
361. Il portiere
362. L'ombra
363. L'ape
364. Ago e filo

365. La trottola
366. L'anguria
367. Il pulcino
368. Il maiale
369. L'elastico
370. L'eco
371. La mucca
372. Aria/Vento
373. Il chiodo
374. Il bottone
375. La penna
376. Il pane
377. Il dente
378. I piedi
379. L'ombrello
380. Il fiume
381. Il dado
382. La forbice

383. Treno
384. Il cucchiaio nel piatto
385. Il lucchetto
386. Il Sole
387. L'ancora
388. Elefante
389. La gallina
390. Il pentagramma
391. Le castagne
392. Il raffreddore
393. Una scarpa
394. L'uovo
395. Timone
396. Le stelle
397. La pioggia
398. Una forchetta
399. Il francobollo

400. Gatto
401. La gallina
402. Coccinella
403. Farfalla
404. I denti
405. L'ancora
406. Il camino
407. Ragno
408. Gli occhiali
409. Gli spaghetti
410. Martello
411. Piselli
412. La lingua
413. Le formiche
414. La corteccia
415. I sogni
416. Il pallone
417. L'acqua

418. Gli alberi
419. Il sonno
420. Le stelle
421. Rosa
422. Il chiodo
423. Il lampo
424. La Luna
425. La Terra
426. La cenere
427. Il gallo
428. Scacchiera
429. La farfalla
430. Il buio
431. Il silenzio
432. Gli occhi
433. Il pesce
434. La ciliegia
435. Lo specchio

436. Il Sole

437. Il trapezista del circo

438. Tempesta

439. Il pensiero

440. Il gallo

441. Gli occhi

442. Il caffè

443. Arancia

444. Il vento

445. La pioggia

446. il fumo

447. Un buco nella terra

448. il vulcano

449. Il fuoco

450. La brocca

451. L'uva

452. L'ancora

453. La scopa

454. L'arancia

455. L'arcobaleno

456. L'anno, con i mesi, i giorni e le ore

457. La bussola

458. Il castello

459. La neve

460. il nome

461. Il grano/ la farina

462. L'acqua del fiume

463. Le stagioni

464. Il fungo porcino

465. Campana

466. La lettera

467. Busta
468. I piselli
469. La rondine
470. Il comignolo
471. Il pettine/la spazzola
472. La nebbia
473. Castagna
474. L'ombrello
475. L'ago
476. La catena
477. Denti
478. Il fico
479. Il sangue
480. Il pino
481. I pantaloni
482. L'uovo
483. La zebra

484. Il naso
485. Le dita
486. L'impronta
487. Il fungo
488. La mosca
489. La lucciola
490. La costanza
491. L'ombra
492. Il grillo
493. Lo specchio
494. Il gas
495. Il semaforo
496. Il pane e le briciole
497. I guanti
498. I francobolli
499. L'organo
500. La castagna

501. L'ombra
502. La torcia
503. Gatto
504. La mano
505. Il chiodo
506. I buchi
507. Il carbone
508. Il letto
509. Il gesso
510. Il libro
511. La sedia
512. La pioggia
513. La settimana
514. Il formaggio
515. L'ombrello

516. Pera
517. Ragno
518. Sapone
519. L'aeroplano
520. Il minestrone
521. Cellulare
522. Pesce
523. Bambino
524. Bicicletta
525. Biscotto
526. Papà
527. Fiore
528. Bambola
529. Computer

Printed in Great Britain
by Amazon

34411943R00066